발가벗은 나무의 노래

빨가벗은 나무의 노래

서순옥 시집

맑은샘

서순우 시인

2002년 〈문학과 세상〉등단

삼척문학상 작가상 수상

한국문인협회, 강원문인협회, 관동문학회,

삼척문인협회, 두타문학회 회원

시집 「엄마」, 「기별」, 「사랑이었으면 더 좋겠네」

몇 겹의 옷을 입고
감히 그들 빈 몸 사이를 걷는다

그들이 한창일 때
그 꽃진 자리에서 태어났으므로

나는
가슴 떨리도록 살아야만 한다

그들은
내 詩이기도 하므로……

차 례

2부.   바람에 떠밀리는 날

3부.   내 詩로 너를

벌거벗은
나무의 노래

벌거벗은 나무의 노래

어떻게 시작되었는지는 알 수 없네
둘의 사랑으로
나는 우연히 태어났고

가끔은
언제까지여야 하나
외롭고 어려운 길
의문 던져보기도 했네

의문의 길도
사는 동안
나이 하나씩 쟁여두는 욕심으로 변하고

그때마다
진짜 나이는 들고
내 몸은
앙상한 겨울에 서 있곤 했네

죽어도 죽지 않은
그냥 죽은 듯이
침착하고 고요하게

그렇게
참으로 위대하듯
그저 살아갈 뿐이라네

비어 있다는 것은

텅 비었습니다
텅 비기까지는
긴 시간이 필요합니다

그리하여
텅 빌 수 있다는 건
나도 누군가도
희망일 수 있겠습니다

그토록 애절하던
그토록 찬란하던
무수한 잎들이 가고 없는 지금
나무는 텅 비었습니다

채우기 위해 붙잡았던 시간들
언제 내려놓아야 할지 몰라
때로는 멍하고 싶어 애쓸 때도 있었습니다

그녀의 치장을 위해 애쓰던 화장대도
먼지를 쓴 채 빈 집을 지키고 있습니다

언젠가 나도
빈 가지의 세세한 몸가짐처럼
텅 빈 집처럼
그리될 것입니다

비어 있다는 것은
그동안 잘 살았다는 것입니다
드디어 비워낼 수 있다는 것입니다

내 마음도 비우는 중입니다

사랑의 노래

– 가재가 노래하는 곳[*]

너는
풀잎으로 사는 어린 새
먹이는
네 몸보다 크고 넓어
이름 모를 외로움이었다
깃털은
네 최고의 장식
낡고 작은 조가비 배를 타는 바람이었다
기다림은
이슬 맞으며 시간 없이 살아가고
사랑은
바람처럼 흔들리다
풀꽃처럼 다가오는 떨림이었다

---

* 델리아 오언스의 소설

너는 알았다
네 방식대로 살아
저 멀리 갈 수 있는
더 먼 곳의 노래와

혼자여도 혼자가 아닌
함께 사는
하늘 같은 습지
땅 같은 늪의 노래를

사랑의 노래는
그렇게
한 편의 詩로 다가오곤 했다

서로를 찾는 아침

네잎클로버를 잘 찾는
여자가 있습니다

해보다 먼저 일어나는
참 부지런한 사람입니다

요즘 부쩍 아파합니다

불쑥 찾아오는 아픔은
아침 해보다 먼저 일어난
그 여자의 성과입니다

품고 있는 아픔조차
여자의 자랑입니다

오늘도 여자는
숨 쉬듯 아침을 걷습니다
밤새 깔아놓은 토끼풀 곁을 걷습니다

네잎클로버와 여자가

서로를 찾는 아침입니다

음악이여

당당한 새벽 별 같았으면
발걸음 어디에도 와닿는
가벼운 마음이었으면

음악이여,
살아남기 위한 먼 여행
당도할 수 있는 유랑이 되기를

음악도 사랑처럼
어디쯤에서 그칠 것을 예상할 수 없어
잠시 도피를 꿈꾸다가

그만, 하고 떠나보낸 그녀
그리하여
그녀의 푸른 정맥과도 같기를
염원하는 것이니

음악이여, 그대는
꿈꾸다 도피하다 유랑하는
한 줄 詩여야만 하는 것을

이별

바다 생각 엿듣다가
자기도 모르게 죽은 어린 물고기들

밤새
내 초록 꿈 부풀 동안

바람처럼 일렁였을 그 주검
슬픈 은빛 되었다

장미 향 피워지면
슬픔에 어울려 흔들리는 것들

버찌도 며칠 짙게 내리고
물새 떼 눈물 하늘로 차오르다 떨어지고

오십천 물빛처럼 누워있는 부교 위에
나도 따라 납작 엎드려 울다 보면

자그만 위로라도
그 주검 속에 엎어지려나

장미

오늘도 취해 집으로 돌아온다
취한다는 건
슬프거나 기쁘거나
때로는 그냥일 때도 있었다
젊을 때 슬픔은
늙은 의식에서 한참 멀었고
눈에 보이는 것마다
취할 수도 있었다
오늘도 바깥에는 해가 뜨고
장미가 한창이다
나는 손톱 밑이나
마음에 가시 하나 지닌 채
여전히 나를 질책하곤 하는데
향이랑 가시랑 함께 사는
너는 참 멋지다
그저 바라만 보아도
장미 너는 장미다
오늘도 사람들은
너 때문에 취해서 비틀거린다

나도 그들처럼

만취해 집으로 돌아온다

죽서루

시작은 늘
수평선 푸르게 마주하는 일
두타산에 詩를 걸기도 하면서
노을 들이는 일

그러다
힘들게 돌아온 소沼에 깊이 발을 담그거나
밤새 절벽 위에 서 있거나
성숙한 오랜 다리처럼 학이 되어 살거나

그러다
나른함에 더러는 하늘비처럼 내려
오십천 따라
저 먼 곳까지 유랑하는 신선으로도 살거나

그러다
내가 다시 사는 일은

오랜 추억

그들 마음에다 적셔두고

나를 찾는 또 누군가와

서로 의지해 보는 일

연어의 완성

저녁노을 켜지고
좀 더 어두워져 가면
마음 깊이
그리움 찾아 오르는 바다

그간의 그리움
알에서 깨어 자랄 동안
나이 들어가던
세상 모든 것들

어제와 오늘
그리고 내일, 그리움에서 깨어
다시 바다처럼 흐르면

속내 붉은 연어의
이승과 저승의 길도
깊이 완성되어 흐르나니

하지夏至

꿈꿀 시간조차 짧았던
잠의 추억과

해를 감고 흘렀던
땀의 추억

이들 추억은

내가 이만큼 자란 세월만큼
언제나 가까이 있었다

엄마 생일

2011

손사래 치는 엄마 심정 뒤로하고
자식들 하나씩 만들어온 음식으로
생일상을 차린다
여태 살며 불평 한번 한 적 없는 엄마를
허투루 시간 한번 써 본 적 없는 엄마를
우리가 절대 닮지 못한 죄로
엄마에게 대신
세월도 그리 서둘러 왔나 보다
우리는 파도처럼 철썩이며 미역국을 먹다가
무심히 흐르는 아버지 아픈 눈빛 따라
슬펐다가 웃다가 다시 슬퍼하며
찰떡을 먹는다
바깥은 별 셋 오리온을 만들고
촛불 끄는 엄마 숨소리에
백 년을 걸어온 눈송이들이 춤춘다
엄마 몸이 더 바쁜 엄마 생일날
우리는 엄마 남편 같은 대접 받으며
마음껏 자라 시집 장가가고
그래서 엄마 사는 곁을
지금도 떠나지 못하고

시 詩

읽는다는 건
그의 인생을 며칠이나
오색감정으로 붙잡아 두는 일

원 없이 담아낸
어느 장인의 그것처럼
쉽게 넘길 수 없는 일

그 몇 줄에 무너지다
다시 일어나
소설 같은 시를 읽었다

더 이상 넘어가지 않은 채
더 이상 넘길 수 없는 채

불가사의한 단편으로
살게 할 그 詩를

다시
소박하게 캐내고 있는 중입니다

봄, 오십천

물속 연어의 눈물 안에 푸른 꿈 길게 누워 있었다

추억 나르느라 바람은 쉬지 않고 물결을 만들었다

사랑한다고 말할 때마다 풀꽃은 연둣빛으로 물들었다

눈부시도록 환한 벚꽃 곁으로 그리운 사람을 그리워하
자던
어느 시인의 마음도 오고 있었다

내 봄도
그 안에 오래도록 머물고 싶었다

벚꽃이 내렸다

벚꽃이 내렸다
꽃은 녹지 않고 바람 속에서 살았다

늙기보다 불현듯 갑자기
내 가슴속에 사는 아버지도
언제나 꽃처럼 내렸었다

그 후로도
이제껏 살아온 삶의 의문 하나쯤
같이 내리기도 했는데

꽃은
더 이상 미련 없어 보였다

열흘 정도 눈부시게 살다가
다시 내려서는

어느 바람이나
어느 가슴 속으로 돌아갔으니 말이다

무지개

그랬다
바람이 큰 소리 내던 날이었다
파도가 덩달아 바람나던 날이었다
구름도 하늘에 안기던 날이었다
산이 내려올수록
이별도 가깝던 날이었다

그랬다
하나둘 일곱이 될 때까지
그때까지
마구마구 가슴 떨리던 날이었다

떠 있고 싶어라

– 부석^{浮石}

뜨고 싶은 마음
떠 있고 싶은 마음
그런 마음 벌써 오래여도

주름진 세월만큼
마음 안
아직도 각별하다면

지금껏 사랑보다
지금부터 사랑이면
또 가능할 수 있겠다

떠 있는 마음에
아픈 그 무엇도 다 담아
벌써 오래전 그 마음처럼
떠 있고 싶어라

독서회

탓할 데 없는 게 흠입니다
위로가 밀물 되는 날입니다
내가 열악하다는 것을 알게 되는 날입니다
내가 또 그 숲에 끼어 있다는 겁니다

말주변 없는 나를 주눅 들게 하지만
미안하지만
그래도 그 하루만은
깊은 뭔가
내 것이 되는 날입니다

그날은
노을이 저녁상을 차리는 날입니다

너는 꽃으로 나는 또 나로

거짓 웃음이라도 좋으니
웃으라고
내게 말한 그 사람

네게도 찾아가 말할 동안

입술 부르트고
색도 그리 짙으니
어젯밤은 또 얼마나
환했던 것이더냐

밤은 그렇게
날을 샜던 게야

산다는 건
너도나도 살아
그 무엇으로 피어나는 순간인 것을

너는 꽃으로
나는 또 나로

그림자

내가 너에게 네가 나에게
돌아눕는 자리여도

더러는
꽃에 취한 취객으로
다시 너에게로 다가가는
그런 자리

때로는
누구에게 옮겨가는 그늘이 되어
마음속 꿈 만들면

그러면
침묵도 더 이상 외롭지 않을
그런 자리

그대 꽃냄새

江 윤슬에 눈멀고
초록 숲길에서 생각마저 멀기로 한 날
곁으로 늙은 꽃대들의 욕설 여전한데

오늘만이라도 마음껏 눈멀고 생각 멀었으니
입 닫고 살짝 듣는 것만으로
그 꽃대에서 멀어져야겠습니다

떨어져 누운 마른 잎의 생애여,
그대도 이러했으려나

그러나
마음껏 다가오는 꽃냄새
그대 꽃냄새는
부디 물리치지 말게 하기를

남동생

가을 속
노랗게 은행잎 흐르고
승진 축하 현수막 바람에 흩날렸다

가을 속
잠을 방해하던 그동안의 생각과
무너지던 그 순간을 깨우던 꿈도 나란했다

며칠 바람도 강해
산속 아버지에게로 달려가는
떠 있는 가을이었다

수고 많았다 아들아

아버지 없는 그 곁으로
예전 목소리가 하늘이듯 높았다

그 며칠은

고됐던 날들 대신해주고 싶었고

박수도 넘치게 쳐주고 싶었던

동생의 붉은 가을이었다

2부

바람에
떠밀리는 날

사랑하는 소리

접시꽃에 빠져
누군가의 꽃으로 피려는 내 마음

이편에서 날아 저편으로
온전히 전하고픈 뻐꾸기 너의 울음

열매를 낳고 떠난 꽃 향처럼
나도 네 아이를 낳고 나이 향으로 벅찬

이 모든 일은

흙 속 깊은 잠에서 깨어나는 소리
살아가는 소리

내가 너를
네가 나를
사랑하는 소리

여행

집에서부터 멀었다

바람도 풀잎도
바다도
한참 멀어져 갔다

여기서는
작은 것도
꿈으로 흐르고

오늘처럼
나도
어제를 벗어나고 있었다

세상의 모든 계절

봄,
차마 다가가지 못하고 흔들릴 때면
찾아가서 하소연이라도
듬뿍하고 돌아설
이름 모를 꽃이면 좋겠다

여름,
어수선한 마음
태양마저 뜨거우면
이리저리 휩쓸리다 만나는
얕은 바람이어도 좋겠다

가을,
자격 하나쯤
당연한 내 것 아니어도
그 언저리에서 기웃거려보는
붉은빛 과즙이면 좋겠다

겨울,

흔들리다 정리하지 못한

어설픈 나를

앙상한 나무에 앉히는 일

다시 시작일 수 있으면 좋겠다

세상의 모든 계절

업고 가는 비밀이면 더 좋겠다

오늘도 나는 오십천으로 간다

생각이 많을 동안
메꽃도 입 열어 생각 토하고 있었고
비둘기는 여러 생각 주워 먹느라 바빴는데

올여름도 삼척은
모자란 나를 데리고 여기저기 몰고 다니다
결국 오십천에 풀어 놓았다

바다가 가까워질수록
물빛이 진하다는 것은
나처럼 생각이 많아서일 게다

아, 바람,
나를 키웠던 팔 할은
그 댓잎 바람과
지금, 오십천을 훑는
나이 든 바람이다

이리저리 내몰렸다고는 하나
나는 삼척을 떠나지 못하고
숱한 계절을 같이 살아냈을 뿐이다

생각은 고기떼에 엊혀 은비늘을 만들고
오십천 밥 먹듯 드나드는 나처럼
땡볕 작물들도 수시로 드나드는데

더 대견한 건
밤새 피곤했을 삶들이
오십천 곁에 늘 있었다는 것이다

바람에 걸려 넘어지기도 하지만
다시 넘어질 테지만
생각들이 살아있는 오십천
내 하루의 완성을 위해
오늘도 나는 오십천으로 긴다

이사부 사자바위

시간 한참 지났어도
푸른 빛 당당함으로 뜨지 않는
그 자리

파도를 꿈으로 들여
아침 해로 뜨고 저녁 해로 지는
그 자리

곁에 머무르다 가는
갈매기나 사람들 마음 안에
그 자리
파도처럼 높습니다

다가서지 못하고
그저 바라만 보았던
당신 깊은 생애^{生涯}
가만히 안아봅니다

천은사

여기저기 나이 든 느티나무
진을 치는 곳이어야 한다

늙음만이 알 수 있는
오랜 이야기여야만 한다

밤새 시를 썼던
시인의 마음이어야 한다
그의 걱정이 오랜 이야기에 획을 그어야만 한다

그때 물방아 돌아가는 소리 들리고
발걸음도 빨랐다 느렸다 하면서
온몸 바닥에 누이며 웃는 부처가 되어야만 한다

쉰 웅덩이 뚫고 내려오는 산바람 맞으며
돌 하나, 돌 둘, 점점 쌓여가는 염원이면
더 이상 바랄 게 없는
거기, 그곳

저녁 밥상

날 저물면
비틀비틀 술에 취한 당신의 미로
한 잎 낙엽으로 시작되었다는 것을

한 그루 나무에
감꽃이듯 피어나던 가족
당신의 긴 세월이었다는 것을

폐 안으로 실어 날랐을
분진조차
당신의 한 조각 희망이었다는 것을

종일 지친 걸음
당신 바지춤에 걸릴 동안
오랜 그리움만큼
당신의 자존심 알아채지 못할 동안

하루의 고통쯤은 내일 위해
한 잎 호박 쌈에 맡겨도 된다시던
당신의 저녁 밥상

이제는 당신의 저녁 밥상
옮겨올 수 있겠습니다

내일모레면 아흔
세상에 없는 당신의
그 저녁 밥상

이제 겨우 옮겨와
천천히 먹을 수 있겠습니다

지금에서야 알았습니다

당연한 데도 울컥합니다

열에 한 번은 조심스러워
전화 목소리는 더 아련합니다

노을도 뜸한데 아직
저녁밥을 안 먹었다고 합니다
된장에 호박 넣어
어제 지은 밥이랑 먹겠다고 합니다

당연한 데도 다시 울컥합니다

내가 결혼했던 나이를
지금 살고 있어
마음 참 아리기도 합니다

나도 그때는 몰랐습니다
제대로 살고 있는지 살았는지

산 세월만큼 알아지는(알게 되는) 게
그때 서야 알아지는(알게 되는) 게
지금이라는 것을

최고의 고독 최고의 침묵은
언제나 시작임을
지금에서야 알았습니다

달이 뜨기 전
밥을 먹었으면 좋겠습니다
혼자여도 심심하지 않은 저녁
체하지 않는 밥이었으면 좋겠습니다

하얀 꽃

밤새 흘린 눈물로 피었나요

선잠 속에 흐느끼던
그 눈물
아련한 기척이었나요

이제
햇볕 냄새에
당신 데려다 놓으면

당신은
잠시
바람이라도 났으면 좋겠습니다

흔적

반으로 휘어져 가는 세월
어찌 저 할머니 허리뿐이랴

은퇴 넘어선 한산함이야
어찌 저 중늙은이 걸음뿐이랴

뙤약볕 맞으며 걷는 풍경

나도 따라
미륵불 곁에서 쉬어 가는데

슬플 수 있다는 건
여전히 살아
다시 시작되는 거리에서 만나는
또 다른
흔적 같은 것

아침은

빗물은 어두워서야 찾아와
잠 속에서 꿈으로 살아보고 싶었고

달은 꿈이 부족해서야 찾아와
그간 꾸어온 꿈 한데 모으고 싶었다

빗물이나 달이 다녀가던 날
새가 먼저 잠들 때까지 뒤척이다
나도 따라 설핏 잠든 사이

아침은
별도 달도 잃은 채
하늘 한복판에서야 일어나곤 했다

슈퍼 블루문

14년 후로 가는 길도 처음이어서

얼마만큼의 빚을
짊어지고 있을지는
오늘부터
나와의 약속인 것을

가족을 위한
내 기도
역시 약속이어서

그 약속
크고 밝아야만 빛날 수 있으리니

엄마를 뒤로 미뤘던
몇 해 전
내 기도도

다시
처음이어야 했다

불면이라는 이름을 달고

전등이 닳도록 당신 기다리던
스무 해 전
내 수줍음이

어두운 창틈 비집던 아까시
그 냄새에 무너지던
내 젊음이

이슬 묻은 옷가지 털어 입고
지켜내던 당신의
그 밥줄이

별이 다투어 피던 새벽녘
외롭게 서 있던
그 몸부림이

하루의 끄트머리에서
끝내
불면이라는 이름 달고
다시 오늘을 산다

명상

걷는다

안으로 들여보는
지나간 꽃의 순간들

푸른 여백에 채워지는
내 고독들

새들의 노래로 걷고
고라니 곁으로 다시 걷고

햇살에 풀이라도 되는 양
바람에 흔들리다

깊이 눈을 감는
마음 한 자락

바람에 떠밀리는 날

그런 날이면

시들어도 아련한 장미 향과
은행알 사이로 걷는
귀여운 까치발과
감 홍시의 처절한 낙하가 좋다

그런 날이면

풍성하지 않은 울음이라도
새벽 별 닮은 풀벌레
아직 떠나지 않아서 좋다

점점 아파오는 발목처럼
나무도 흔들려 아프다는 걸
떠밀리듯 알아가는 지금
그게 바람이어서 더 좋다

그런 날
그래
가는 거야

바람에 떠밀리는 날
파란 하늘만 믿고
다시 가보는 거야

다시, 엄마

가장 높은 꼭대기
오르고 올라간
높이여야 했다

살며 좀, 심심해도 좋을
푹 쉬어도 좋을
당당함이어야 했다

눈물 대신
가슴 안으로 쟁여둔
아픔이어야 했다

그렇게 엄마는
백 년을 산 나무

나도 엄만데
오늘도 풀리지 않는 숙제를 풀며

그 자리

그 그늘 떠나

내가 대신 올라가 보려 합니다

너는, 2월

소망 품은 듯
참 많이 사랑스러워

월화수목금토일
나른한 평화로움
땅을 딛고 선 네 개의 수직마저
참 아름답고 신선해

그 신선함 속에서
만나는 아버지
산골 울음 가득한 엄마도 만나지

며칠 내내
참았던 눈물조차 펑펑 내리는데
그게 눈이라
더 부시도록 찬란해

그리하여
한없이 아름다울 수밖에 없는
너는, 2월

그런 꿈이라도 꿔야겠다

그때 한 치 앞이라도 알았더라면
곁에 둘 수 있었을까

서걱이던 댓잎 소리와
볼 빨간 바람 위로
부르튼 골목 발걸음

그러다가 또 그리운 건
대숲에다 내질렀던 천진함과
달빛에 흐르던 한 줄 詩 같은 개여울

오늘 밤
그 골목 지나
또 골목이었던 댓골 지나

젊은 외할머니 살았던
착한 도립병원 102호로 달려가는
그런 꿈이라도 꿔야겠다

나를 더 자세히

돋보기로 내 얼굴 보는 일은
놀랍다가도 그리 놀라운 일이 아닙니다

시간 하나 티끌 넷
그 후로도
남의 시선으로 그어진 주름진 무늬들

늙은 계절에도
서서히 가까워지려
준비 중이었다는 것을 조금은 알기에
점점 멀어져가는 시야로
세상은 더 넓어진다는 것을 알기에

그리 놀라지 않으려 합니다

그때 못 보고 돌아선
지금은 볼 수 있어 환한
만나서 반가운 것들

그러면

그 곁으로 더 가까워

나를 더 자세히 알 수도 있기에

더는 놀라지 않으려 합니다

건어물

바다 가득 물고 수평선 넘나들어도
행복인 줄 몰랐던
그때를

내가
걷는 숲길
꽃길에서 알아간다면
섭섭할 텐가

지금
입 열고 눈 뜬 채 누워있는
너의 마른 몸처럼

죽음은 평범하게
꽃으로 피고
해로 뜨고
그러다 지고 마는데

나도 너처럼

마른 몸의 도착점으로

분주히 가고 있음을

너도 알았으면 한다

3부

내 詩로 너를

무섬마을, 외나무 다리

오래여서 야윈 길

바다 닮은 모래가 넓고
구부러진 그 길 위에
분주했을 걸음도 멀고 길었다

길다는 것은
충분히 고단했을
그 사람들의 슬픈 몫이었던 것을

물도 오래여서 마르고
마른 길 한참 걸어도
만날 수 없는
그들

그들을
오래고 야윈 그 길에서
언제쯤 다시
만날 수 있으려나

만남 대신 닮아가는
나의 길도
그러하리니

이제는 봄인 거야

꿈에서는 꽃을 본 것뿐인데
무릎은 왜 욱신거리는지
그 꽃에 설렐 동안
손은 왜 저려오는지
너도 그렇다고 했어

몸보다 마음 더 아픈 젊은 날 지나서일까
나이 들며 늘어나는 단어가 낯설지 않아서일까

올봄도
내 몸 같은 통증 뒤에
또 그렇게 꽃이 피었어

꽃 필 동안
너도 나처럼 아파할 동안
이제는 봄인 거야

봄처럼 일어나
봄처럼 지내다가

몸 안 깊이 묵혀둔 잎들에
싹을 보일 때야

하루가
그만 봄이라는
진실 알아야 할 때야

우리 다시 사는 거

오늘도
매미 너의 울음은 같으나
네가 아닌
메고 떠난 그 너머
다른 시간으로 시작하는 너

너는 늘 그렇다
나도 늘 그랬다

누군가 메고 떠난
그 시간을
우리 다시 사는 거

젊었던 날들

분꽃 자리로
하염없이 내리던
그 새벽 별 무리처럼

달맞이꽃 걸음 뒤로 반짝이던
반딧불이
그 환한 미소처럼

파도를 타다
짠 내 나는 몸으로 말라가던
바닷가, 그 짙은 그리움처럼

그 일들은

여름내 지나온
잠시 꿈꾸던 소망 같은 것

덜 익어 풋풋한 젊었던 날들이었다

책 읽을 동안

내 것이 되기에는
한참 멀었습니다

그래도 오늘 밤
마르지 않는 나뭇잎처럼 타야겠기에

관심 없어야 피는 꽃일지라도
고독하지 않았습니다

빚진 게 많은 날이었습니다

환갑

노을은 나의 시작
해로 뜨는 아침

난 항상 거기 있었고
지금도 거기에 있다

사는 동안
여전히
엄마는 바다
아버지는 하늘

그 곁을 견디며

오늘도
미역국을 끓였다

부끄러운 마음 담아
붉은 노을처럼
오래도록
다시 미역국을 끓였다

푸른 길

멍하니 초록으로 걷는 길
생각 없이 감격할 수도 있다는 것을
여기 오가는 발걸음이면 알았겠다

내 잠에 맺히던 하얀 이슬길
귀를 세우던 사연일랑
잔잔한 풀벌레 울음은 들었겠다

그 길,
그 길을 뒤따르느라 한참 걸렸다며
나보다 키 작은 당찬 당신 숨소리가
붉게 다가온다

왕년에 당신 잎 조각도
여기 푸른 숲이었다고
한참 그 푸른 길을 추억하며 걸었다

앞선 내 걸음 뒤에
다시 노인이 되는 당신

푸른 숲, 당신의 엄지척에
하늘을 향해 있던 나였다

오늘 밤

오늘,
꿀잠 벗어나
잠 못 이룰 정도로
제대로 산 하루였는가

오늘,
그대의 신선함마저
제대로
마실 수는 있었는가

그래도
오늘 밤,

저기 멀고 높은 곳에
눈雪이 부시고
시詩가 쌓였다네

별, 윤동주

별을
내가 사는 이곳까지
데리고 올 동안

몸도
수천 개의 점으로 살았다

별처럼 총총하고 싶어
수만 개의 별을 들일 동

안개비도 내리고
그대는 태양을 가지고 떠났다

그대가 떠나던 날
수많은 별들도 떨어졌다

은행, 그대처럼

아직 그대 나이는 모르겠습니다

나는 백 년을 향해 있고
그녀는 그 반을 향해 있지요

나이 들어도 늙지 않는 그대는 침묵하고
내 침묵은
황홀한 늙음의 비결을 위해
그대를 따르지만

그 대답을 위해
그녀도 나도 쉴 틈 없습니다

마침내
살아온 내 씨앗은
그대처럼
그 옛날부터 맺어진
지금의 나

어쩌면
소름 끼치도록 황홀한 것입니다

그리하여
나이 들어도 늙지 않는
은행, 그대처럼

넘을 수 없는 그대의 거리처럼

나도
찬란해지고 싶습니다

아침 사냥

칼바람은 먼저 와
몸 푸는 고기떼 위로 걷다가
한참을 물속 생각에 잠기곤 한다

나도
왜가리 따라
숨 멈춰보다가

한데 모여
달뜨다 하늘 나는
그들 목소리 듣기도 하다가

그 모든 게
연둣빛 매화 눈에 와 닿을 때쯤
그 모든 게
생각으로 오갈 때쯤

칼바람은
다시
내 곁으로 오곤 하는데

오늘도
내가 추위를 걷는 것은
그들이 사냥한
아침을 보기 위해서다

말없이 살 수 있습니다

발그레 일어나
땅에
깊은 절하는 아침

시계가 없는 나라에 왔습니다*

바람 불 듯 몸을 감싸는 소리들
그 누구의 것도 아니게
오후는
그냥 흔들리는 숲입니다

광활한 마음 안에
그저 자연스러운 아픔들

꽃처럼 나무처럼 살다가
몸으로 옅어지는 생각들

---

* 에반 티프리처드의 에세이

이렇듯

몸은 깨어나 태양에 눈 부시다

어두운 끝자락에 가 있는 하루입니다

하루는

그냥 불 지피는 가슴이었고

부서지는 삶의 조각이어서

시계가 없는 나라에서도

종일

말없이 살 수 있습니다

돌담

내 것 아니어도
든든한 그 무엇 되고 싶어
아래로 갔었지요

몸 아래
마음도 따라 약해지면
더 아래로도 내려갈 수 있었지요

중간도 위도 안중에 없던
그저
아래였던 마음

그 시간
와르르 무너지던 날들

그냥 흔들리다 보면
그리도 살 수 있겠다는 것을
늦게서야 알았지요

길 내어준
바람 때문에 알았지요

내 詩로 너를

슬픔만큼 상처만큼
시가 완성되는 날

한 편에 얹어진 무게만큼
또 다른 시작이듯
다시 살아가는데

그렇게
슬픔 쓸 동안
상처도 치유되듯
네 노래도 같은 마음이었으면 해

가벼운 건 더 가볍게
무거운 건 더 무겁게

그러니까
다 깊게 나아지고 있다는 게 아닐까

나이는 상관하지 마
슬픔 어루만질 수 있는 열정이면
반은 이룬 거라고

오늘도
내 詩로 너를 조용히 부른다

고운 님, 연강

임 다녀가고 생긴
고운 초란 길
임은
혼자가 아닙니다

어엿하게 꽃 지닌
하얀 그 길
자주 잃기도 할 동안

임은
떨어져 누운 잎들 데려다
단풍 들게 하더니
조가비마저 들여 색옷도 입혔으니
임은
혼자가 아닙니다

나도
당신 따라

그 초란 길에서
행복도 숨기고
고운 님,
당신의 나이도 숨겨 보려 합니다

너의 노래는

분을 바르고 눈썹 칠하고
입술 바를 동안

너는 또
아껴 부르던
사랑한다고 혼자 말하던
그 노래를 숨죽여 부른다

1절을 보내고 살다가
더 보고 싶어 음을 올리다가
또… 또…
엄마 엄마… 온통 엄마로
2절 불러보지만

기어코
내 화장 지우고 사라진
네 엄마는

내 아버지처럼
끝내 보이지 않는다

꽃눈

자식이라는 겨울 눈 품고 있다
벚꽃 피듯 꽃 피웠을
그때 엄마 꽃눈

나도 따라
꽃 색 닮은 엄마 숨소리로
아들 품으면

다시
여름이듯 겨울나고

어느새
다시 모아둔
내 꽃눈 속 엄마의 여생

가을비

비가 내렸습니다

꽃은
말이 없었고

새들은
애써 날라다 만든 잠긴 돌다리
멍하니 바라보았습니다

비가 내렸습니다

지나가던 건초는
깊게 더미를 이루며 쉬어가자 했고

속내 숨기던 고기떼도
은빛 날갯짓 대신
물결 나이 그리고 있었습니다

비가 내렸습니다
일주일이나 더 내렸습니다

가을비는
그렇게
그들을 성장시켜 가고 있었습니다

11월, 단풍

이쯤에서 누워보자
걷다가 그 곁에 누우면
방금 떨어진
그의 어젯밤 들을 수 있으려나

개나리 노란 시선도
내 마음 같아
아직 떠나지 않은 봄
말해주려나

크나큰 수고 없이 살았어도
얼마큼 붉어 있는지
내가 나를 말해줄 차례

숱한 이야기로
어제보다 더 붉은
그의 길
그도 얼른 눈치챘으면 좋으련만

5월

이팝은 넘치도록 하얗게 담아내고
구름 섞은 강물 한소끔 끓일 동안

씀바귀 고들빼기 곰취
노란 꽃노래 부르게 하고
잎자국도 초록으로 남기면 좋겠지

바람 따라 꽃 향 품은
유채랑 애기똥풀도 들이다 보면

저기
오십천 건너는 은어처럼
아버지 오실 거야

푸짐한 초록 상 차려질 동안

아버지
5월 같은 마음으로
쉬엄쉬엄 오실 거야

4부

바다, 그대가
내어준 길

그녀는

그녀는 나이에 비해 예쁜 게 흠이고
남편이랑 헤어졌고 아프지만
몸을 재건축 중이라
아픈 게 당연하다 했다
책으로 옮긴 그녀의 흔적을 보다가
나는 그만 자세히 기가 죽는데
아픔은 그냥 얻는 게 아니고
누구나 갖는 게 아니라는 걸 알지만
그녀는 다 아는 것처럼 산다
민머리에 푹 눌러쓴 모자
부어있는 얼굴
그녀는 자기가 아니라는 것도 안다
자기를 결코 부정하지 않는
그녀를 나도 안다
발 디딜 틈 없는 그녀의 하루가
아픈 누군가를 위한
기도로 시작된다는 것은
그녀만의 내공 아니면 힘든 일이다
상처와 슬픔

그리고 아픔이랑 같이 사는

그녀의 삶은

오늘도 쉬지 않는 열정

그리고 평온이다

수행

걷는 게
걷는 게 아니어야 한다

보고 듣는 것마저
자연이어야 한다

속하지 않는 마음으로
사는 마음

내 것 없는 세상 속으로
가는 중입니다

헌책 속 일기

자기를 적어 놓았다

누군지는 몰라도 잘 알겠는데

차마 넘기지 못하고
그 곁에 오래 남아 있었다

나를 대신해
숨겨 가려진 날들

마음속에 쌓여 닳아버린
그 한 줄을

망설이지 않고 그대로
대신 적어놓았다

세월 겪는
책 속 그 사람
늙지 않는 주인공이 되는 중이다

정답

뭐가 맞는지 잘 모르겠다

나이 먹을 만큼 먹었는데
자식 둘씩이나 낳아봤는데
소소한 일상 때문일까
아니면,

많이 흔들리던 날이었다

먹구름이 하늘을
바람이 백일홍을

아, 그렇구나
소소하게 일상은 흔들리는구나

제멋대로 흔들리는 척 살다가
다시 제 자리로
세상 티끌이 되어 돌아오는

뭐가 맞는지 잘 모르겠는 정답
그게 정답인지도

풍경風磬

바람 불지 않아도
몰래
웃기도 울기도 하면서

우물처럼 깊을 때
따라
깊어지기도 하면서

그러다
밖으로 새어 날까
조심스럽기도 하지만

그냥
지나가는 아픔쯤으로 알아라

살아가는 풍경은
모두 다 바람에 놓인 소리

．

그 소리 숨기고 싶거든
마음 안에
다시 들이면 되리니

한 뼘 다락방

촘촘한 골목 사이
소박하게 떠 있던 섬, 우물

우리 집이라고는 처음이었던
거기, 당저리 골 안

슬픈 약통
기억에도 없는 잡동사니 곁으로
낭만은 나이만큼이었고
오늘보다 내일이 먼저였던

거기,
그때, 그 다락방

연탄가스에 비틀거리던
그때는 아직 젊었고

영월 청년 둘에 풋풋한 신혼부부
그들에게 내어주고 남은 방 두 칸

비좁게 살던 식구들
다 떠나고
다락방도 떠나고
엄마 혼자 남았다

엄마가 젊음도 모르고 살아온
폐에 쌓인 아버지 땀의 대가였던

그래도
내게는 낭만이었던
그때, 그 한 뼘 다락방

회화, 그 아래서

검은 심지에서 흩날리던
그대 푸른 머리카락

말해주지 않아도
온전히 느낄 수 있는
그 아래서

내 가슴
얼마나 떨렸는지
훔친 시간은 또 얼마나

나를 혼내다가
아니, 더 많은 꽃으로 내려
그대 속으로 데려간
내 홍조와 불면은
또 그 얼마나

그렇게

아픔 더 얹어

회화, 그대 마음 더 무겁게 하고서야

다시 돌아올 수 있었던

늦은 봄이었지요

새해 첫날

어둠에 누워
소식을 들인다

새벽 답장을 하고,
불쑥 찾아온
기침도 몇 번이나 하고

눈이라도 내리면
그동안의 부끄러움 끌어다 모아
또 다른 나를 빚어 볼까도 싶었는데

돋보기 없이 해도 없이
답장한 오타투성이
새해 인사

그래도
내 도움 없이
새해 첫날 위에 앉아
해로 뜨고 있는 아침

민들레

어쩌면
가출했는지도 모른다

그렇게 떠다니다
하얀 빈 몸 되었는지도 모른다

날다 지치면
노란 꽃자리에도 가만히 내려
한참을 앉았다가

다시 돌아와
울거나 웃거나를 여러 번

그때마다
가출할 하얀 빈 몸 생각하는지도 모른다

부러워하다가

눈에 보이는 것 다 부러워도
골목길 쏘다니던 어린 날
마음 참 가벼웠었지

지금은
밤새 달을 할퀴고 있는 중년

할 말 다 하는 어머니가 부럽고
허 허 웃는 아버님은 더 부럽고

살아온 날 더 많아
그 안으로 했던 무수한 말들이
더 아픈 줄도 모르고
아픔도 살다 보면 단단해지는 줄도 몰랐나 보다

그즈음
내 삶의 형편도
가끔은
늘어나는 나이 대신
줄어드는 부러움으로 살아야지 했거늘

더 많이 부러워하고
부족한 만큼 더 많이 부러워하다가
그만
중년이 되어버렸네

부디 이 가을에는

자그만 결실 위해 뛰었던
오랜 추억 지나
백 년 만에 가장 둥근 보름달이 떴다

잠자리의 잉태도
코스모스의 흔들림도
결실을 위한 오랜 추억이다

다 추억이고 맑은
하늘 아래 모든 것들

가을은
풀벌레 소리에
여름이듯 감히 문 닫지 못하고
나도 따라 쉽게 잠들지 못하고

가을은
기억하나 잃을 때마다 쌓여가는
어머니 냉장고처럼
또 다른 추억도 만들어 가는데

사흘 내내
둥근 보름달 바라보며 공들인
내 기도가
부디 이 가을에는
가벼워지기를
더 맑아지기를

바다, 그대가 내어준 길

내가 또 가는 줄도 모르고
어서 오라 한다. 와서
그대 깊이만큼 살라 한다
집어등 불빛 뜰 때까지
떠나지 말라 한다

오늘도 그대는
배 아래서 잠을 청하고
구름 진 산봉우리에서 하늘 꿈꾸었다고

나는
간밤에 조난당한 내 고독을 풀어
그대 깊이를 걷다가
그대 내어준 길에서
고기떼와 고요와
또 다른 고독을 만나기도 하는데

어차피 젖는 인생
출렁이는 바다 옆이라면
자유와 무한함 품고
나로 돌아갈 수 있겠다는

내 생각의 터전

그대가 내어준 길
바다에서 알게 되나니

너였으면

가을에 봄을 풍기는 향기
너였으면

다시 한번 살아가는
붉도록 달콤한 맛
너였으면

온몸 가득 채워지는
푸른 하늘빛

삼나무 같은
진정한 자유인

너,

너였으면

낙서

그녀가 찾는 남자

그녀는 낯설고
그 남자는 내가 아는 이름

벽에 사랑을 쓸 때

이미 시작된 서명
낙서와 한참 멀어져 갔다

그믐밤

내 꿈이 깊을수록
당신은 야위어 가고
그럴수록
내 잠든 시간을 기억해준
그대여

나, 그대에게로 가리라

설은 잠으로 대신 야위어
잠든 나조차 잃지 않으려는
그대여

나 다시
그대에게로 가리라

그대
야위고 시들어도
나 대신
한참을 성숙할 수만 있다면

볕 내리는 오후
내가 다시
그믐밤
그대를 찾아갈 수 있으리니

그냥 어제일 뿐입니다

내 훗날의 당신

장바구니에 쓸어 담은
당신의 하루를 밥상에 차립니다

초록빛 산나물은
내 살점이 되고
당신의 거나한 걸음이 되고

눈물 대신 바닥 난 술이 아쉬워
당신은
남은 산나물 모조리 거둬 줍니다

휑한 자리 두고
빈 술병처럼 일어서는 당신

내 안주가 되고
당신 안주가 되는

오늘 하루는 그리움일 뿐

다시 돌아가고 싶지 않은
그냥
어제일 뿐입니다

그 꽃의 생각을

오후의 빛나던 꽃잎
욕심으로 피워내도 좋았다
꽃잎을 누이며
비로소 품었던 까만 열매여도 좋았다

마침내
오후의 빛나던 생일
생일 위로
달에 빛나던 꽃이고 싶었다

바람 지나
비릿한 숨소리 들리면
오후의 빛나던
그 꽃 같은 생각으로
잠깐이나마 불멸이고픈
그 마음으로

습지처럼
부들 헤치고 바다로 떠나고 싶었다

그리하면
저기 모래는 알리라
그 비밀 지켜주리라

그 꽃의 오후를
그 꽃의 생각을

가족

따리 틀고
계절을 살아내는 것

내가 너희를
너희가 또 너희를 위해
하루를 걷고 밥을 먹는 것

이런 거야 외치며
다시 따리 틀다
별처럼 용기 내
빛을 내보이는 것

한참 먼 것 같은 백 년도
가까워질수록
더 가까워지는 것

그것이 가족
가족이라는 것

가을

몸 위로 다시 노란 잎 쌓이니
그대를 보내야 할 때

감성의 끝은 눈물이며
그대는 빈 몸에
붉은 옷을 지닌 우아한 사람

내가 그들의 색을 밟아야
비로소 그대도 가노니

내 몸 살아주는 이 없는 채
홀로 살아가는 마음

그리하여
슬픈 그대여
부디 슬퍼하지 마라

그대도 나도
한때는
다 꽃이었던 것을

3월, 눈雪

그 눈雪은
낯설지 않아

곧 피어날 꽃들의
참된 땀인지도 모르니

그 눈雪은
낯설지 않아

숨은 듯
내 위로도 없이
자기 힘으로 피는
꽃 후의 열매인지도 모르니

나를 가두고
나를 다스리는 게 부족해
그 꽃눈의 시선 속으로 가는데

내가 아직 낯선 게 많아
얻어오는 것으로
다시 사는 날

세상은 더 이상
3월 중순, 그 눈처럼
낯설지 않아

옷 벗은 나무의 노래

초판 1쇄 인쇄 2024년 03월 27일
초판 1쇄 발행 2024년 04월 15일
지은이 서순우

펴낸이 김양수
책임편집 이정은
교정교열 연유나

펴낸곳 도서출판 맑은샘
출판등록 제2012-000035
주소 경기도 고양시 일산서구 중앙로 1456 서현프라자 604호
전화 031) 906-5006
팩스 031) 906-5079
홈페이지 www.booksam.kr
블로그 http://blog.naver.com/okbook1234
페이스북 facebook.com/booksam.kr
이메일 okbook1234@naver.com
ISBN 979-11-5778-638-1 (03800)